볕이 좋아 걸었다

김정섭 시집

시음사
시사랑음악사랑

마음의 정원에 사랑과
행복의 詩를 심는 김정섭 시인

철학적 삶의 허무를 강조하는 회의주의나 쾌락주의, 윤리
등 인간의 삶이 지니는 모순 전체를 통찰할 줄 아는 사람
을 시인, 수필가, 소설가 등 문인이라고 한다. 인간의 가
장 기본적인 고민거리 기쁨, 슬픔, 사랑, 걱정, 희망 등을
표현하고 기본바탕에서 쓰이는 작품은 독자와 공감대를
형성하며 독자로부터 사랑받을 것이다.

김정섭 시인을 보면 참 따뜻하고 온화해 보이며 웃는 모
습이 기분 좋게 한다. 무엇보다 전체적으로 흰머리가 멋
지게 잘 어울려 깊은 인상을 준다. 멋진 모습만큼이나 김
정섭 시인은 전국 공모전에서 다양한 수상 경력을 가지
고 있는 실력가 시인이기도 하다. 그러면서 더 좋은 시를
창작하기 위해 대한창작문예대학에서 배움의 열정도 불
태웠다.
시인의 모습처럼 "볕이 좋아 걸었다" 시집이 기분 좋게
다가오며 마음에 따뜻함으로 자리하는 작품집이라고 볼
수 있다.

김정섭 시인의 시집을 감상해 보면 부드럽고 섬세한 필력
으로 고운 봄날 햇살이 되어 기분 좋게 비춰 주기도 하고
때로는 비가 되어 가슴을 적시기도 하며, 함께 울고 웃는
사랑과 행복 그리고 기다림과 그리움이 시가 되어 은은한
향기로 가득 찬 작품집이다.
또한 김정섭 시인의 많은 작품이 시낭송으로 발표되어 독
자의 꾸준한 사랑을 받고 있다. 이번 시집에도 시낭송이
수록되어 눈으로 보고 귀로 듣는 감상의 재미와 깊은 감
동의 여운으로 독자에게 찾아가 행복을 줄 수 있는 시집
"볕이 좋아 걸었다"를 기쁜 마음으로 추천한다.

(사)창작문학예술인협의회 부이사장 **박영애**

시인의 말

여름의 길목에서
즐거움과 슬픔이 아쉬움과 그리움을 펼쳐 놓고
민들레 홀씨가 숲을 이루어 초록이 짙어가는
5월의 봄 축제의 계절입니다

햇살 내리는 따스한 날
사랑하는 마음과 그리움에 머무는
내 삶의 정원에서 꽃과 향기를 모아
[볕이 좋아 걸었다]의 시집을
독자 여러분들에게 내어놓게 되었습니다

기다림과 그리움이 쉬어가는 쉼터
시작하는 느낌 그대로 자음과 모음을
공감하는 공통분모로 만들고 다듬어
쉬어가는 공간입니다

대지를 촉촉이 적시는 봄비 같은 인연으로
내 뜨락을 찾아 슬프면 슬픈 대로
그리우면 그리운 대로 소화하듯 읽어 주신
모든 분에게 감사를 드립니다.

시인 김정섭

제목 : 어느 봄날의 기억
시낭송 : 박남숙

제목 : 군자란
시낭송 : 박남숙

제목 : 제비꽃 당신
시낭송 : 박남숙

제목 : 백일홍의 그리움
시낭송 : 박남숙

제목 : 주막의 황포돛배
시낭송 : 박남숙

제목 : 봄은 행복합니다
시낭송 : 박남숙

제목 : 봄이 오는 소리
시낭송 : 박남숙

제목 : 볕이 좋아 걸었다
시낭송 : 박남숙

제목 : 시작하는 그리움
시낭송 : 박남숙

제목 : 산국화(山菊花)
시낭송 : 박남숙

제목 : 감홍(甘紅)
시낭송 : 박영애

제목 : 물빛 나는 詩의 향기
시낭송 : 박영애

제목 : 봄 이야기
시낭송 : 박남숙

제목 : 기억 속에 그대
시낭송 : 박남숙

제목 : 여물어 가는 가을
시낭송 : 박남숙

제목 : 봄날에
시낭송 : 박남숙

제목 : 어머니의 호미
시낭송 : 박영애

제목 : 인연의 끈 닻에 달고
시낭송 : 장화순

제목 : 어머니의 놀이터
시낭송 : 박영애

제목 : 당신이라는 꽃
시낭송 : 박영애

제목 : 눈물이 얼굴을 타고 내릴 때
시낭송 : 박남숙

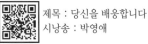 제목 : 당신을 배웅합니다
시낭송 : 박영애

 제목 : 하늘로 흐르는 강
시낭송 : 박영애

 제목 : 사랑의 곡선
시낭송 : 박남숙

 제목 : 가을 이야기
시낭송 : 박영애

제목 : 바보들의 이야기
시낭송 : 박영애

 제목 : 겨울 여행
시낭송 : 박영애

제목 : 그대 그리고 나
시낭송 : 박남숙

 제목 : 그대가 있어 외롭지 않다
시낭송 : 박영애

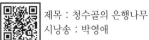 제목 : 청수골의 은행나무
시낭송 : 박영애

 제목 : 삶의 포물선
시낭송 : 박남숙

 제목 : 여름을 감아버린 더덕꽃
시낭송 : 박영애

 제목 : 바람개비
시낭송 : 박영애

 제목 : 봄날의 꽃향기
시낭송 : 박영애

 제목 : 시인의 휴대폰
시낭송 : 박영애

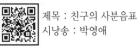 제목 : 친구의 사분음표
시낭송 : 박영애

 제목 : 비 오는 날의 연가
시낭송 : 박영애

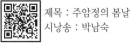 제목 : 주암정의 봄날
시낭송 : 박남숙

 본문 시낭송 모음

영상은 YouTube 정책 또는 운영 관리에 따라 삭제될 수도 있습니다.

시인은 자연을 이야기하고 시낭송가는 자연을 품었다
글자는 날개를 달아 언어로 날고 소리는 자연에 눕는다

* 목차

✳ 목차

봄으로 가는 길

시작과 끝의 공간 속에서
하얀 매화는 빛으로 아침을 열어 간다

창문 틈 사이로 바람이 들어오듯
살며시 들어온 당신
봄바람 머무는 그곳에서
지펴 놓은 활자의 향기는 선의 음률이 되어
찔레꽃 넝쿨 넘나드는 자유로운 참새처럼
산 능선 파도 타듯 흐른다

맑은 하늘 흰 구름에 고운 시를 걸어 놓고
꽃샘추위 파고들듯 들어온 당신

발목까지 내려오는 깊은 노을 속에서
하얀 도화지에 붉은 동백으로
당신 모습을 그려 넣고
그 동백 노란 주머니에 그리움을 담아
얼음 속 흐르는 물 등에 얹어 봄으로 보낸다
스치는 바람에 옅어지는 그림자와 함께.

어느 봄날의 기억

3월의 꽃샘추위 봄바람을
옆으로 살짝 밀어 놓고
청매화 당신 앞에 머물러 봅니다

따스한 햇살에
논두렁 밭두렁에 쑥과 달래
파랗게 얼굴 내밀어
봄 처녀 당신 가슴 설레게 합니다

커피 한 잔의 여유 있는 날
노란 별 같은 산수유 꽃구경하면서
풀어 놓은 그리움 쏟아지는 봄볕에서
당신의 아지랑이 추억 찾아갑니다

당신이 무척 그리운 날
내 가슴 찾아와 머무는 향기
그리움 한 아름 펼쳐서
가슴 아리는 눈물로 당신을 품어 봅니다.

제목 : 어느 봄날의 기억
시낭송 : 박남숙
스마트폰으로 QR 코드를 스캔하면
시낭송을 감상할 수 있습니다

군자란

베란다 모퉁이 양 날개 잎 사이로
주황색 고운 색채 머금은 꽃
당신의 향기 봄이 찾아왔습니다

햇살이 들어오는 창가에
한 움큼 봄 향기 꽃대 위에 우뚝 솟아
내 마음속의 화려한 설렘으로
당신의 모습이 들어옵니다

긴 시간 속에서 걸어온 그리움
그 열병의 가슴 저미는 사랑
해맑은 초록 잎 사이로
당신의 붉은 입술은 짙어져 오고

오랜 공간이 되어 버린 그곳에서
거미줄을 감고 있을 당신
활짝 올라온 군자란 꽃향기에 치유되어
그리움 가득한 정원에 머물고 싶습니다.

제목 : 군자란
시낭송 : 박남숙
스마트폰으로 QR 코드를 스캔하면
시낭송을 감상할 수 있습니다

12

제비꽃 당신

따스한 햇살
가슴 설레는 봄날에
살며시 빗장을 열어
당신에게 달려갑니다

낙엽 속에서 움트는 봄날
민들레 홀씨 되어
그리운 바람결에
흩어진 공간에서 당신을 찾는

가슴 아픈 그런 그리움에
메마른 눈물이 미어져 옵니다

꽃비 내리는 날
당신을 배웅한 그리움
잡아주고 받쳐주는
제비꽃 사랑
당신에게 고이 접어 보내 봅니다.

제목 : 제비꽃 당신
시낭송 . 박남숙
스마트폰으로 QR 코드를 스캔하면
시낭송을 감상할 수 있습니다

13

백일홍의 그리움

보슬비 머금은 배롱나무
떨어진 꽃잎에 마주한 사랑
허물 벗은 매미의 슬픈 곡조가 가슴을 울린다

연분홍 꽃잎은 그리움을 토하고
짙은 갈색 껍질 옆에
하얀 무늬 우리 사랑을 박음질하여
그리운 사랑에 설렘이 자리 잡는다

허리춤에서 부는 바람
부푼 꽃봉오리는
보고 싶은 당신 기다림에 하루가 간다

기다림의 시간 호반에 올려놓고
하염없이 내리는 빗속
그대와의 달콤한 추억 하나 그려 간다.

제목 : 백일홍의 그리움
시낭송 : 박남숙
스마트폰으로 QR 코드를 스캔하면
시낭송을 감상할 수 있습니다

14

기다림의 미학

그렇게 보고 싶다는
마음 하나
공유하지 못하고

애절한 눈빛의 사랑이
스며들어
남몰래 그리움을 토해낸다

노란 달빛 동행 속에
빠져 있는
깊은 그리운 공간

헤즐렛 커피 한 잔에
마주한 사랑
파란 하늘가 하얀 구름이
미소를 짓는다.

주막의 황포돛배

주막의 회화나무 늘 푸른 사연은
들돌에 내려앉고
회룡포를 감아온 내성천 당신 마음
이슬 같은 눈물 세 갈래 강물로 흘러간다

뱃사공 손놀림에 풀리는 물길에
힘겨운 황포돛배 뱃나루 들어오고
분주해진 삼강주막 허기진 하루
세월은 변해도 강물은 흐른다

봄비 촉촉이 내리는 날
머물다 가는 사공의 초가집
애절한 사랑은 벽면에 낙서 그리움으로 남아
뚝뚝 떨어지는
메마른 눈물은 삼강으로 흐른다

홍매화 고운 속살은 4월을 지나가고
처마 밑에 제비집 기다림의 사연은
보고 싶은 사람 간절한 마음
당신을 기억하는 달그림자 가득히 담아 본다.

제목 : 주막의 황포돛배
시낭송 : 박남숙
스마트폰으로 QR 코드를 스캔하면
시낭송을 감상할 수 있습니다

월송정의 바닷가

소나무 숲속 제비꽃
고운 색깔에 발길 머물러
소풍 나온 청설모 햇살을 훔쳐 간다

솔 향기에 송홧가루 봄은 짙어지고
해풍의 바다 내음 월송정을 스쳐 지나간다

파도가 풀어놓은 그리움은
하얀 포말로 백사장에 흩어지고
해변에서 못다 한 말 소라에게 전해둔다

해변의 발자국 두 개를 남기고
그리움은 술잔 속에 담아
민들레 사랑의 입김으로 허공으로 보내고

수평선 돛단배 윤슬에 반짝이고
백사장에 닮은 발가락
동행하는 그리움 파도와 유영한다.

일곱 개의 별

은하수 강가에서
흩어진 별
일곱 개를 바라보며
그리운 당신의 별을 찾아 봅니다

훈풍에 나뭇잎 속살을
곱게 밀어 올리는 꽃망울

내 붉은 심장 언저리에서
당신의 고운 향기를 피워 봅니다

땅속 냉이의 뿌리에서
봄이 찾아오듯
결 고운 봄볕에서 당신을 기다립니다.

내 마음의 별

창문 밖에 덩굴장미 햇살에 부시고
사랑이 움트는 당신의 목소리
9월의 크리스마스입니다

풀벌레 소리에 가을은 깊어 가고
풀잎에 이슬 머금은 듯
바람에 나부끼는 그리운 목마름

아름다운 인연의 공간에서
당신의 고운 정을 느껴 봅니다

익어가는 내 삶의 푸른 정원에서
소박한 친구처럼
때론 나뭇잎 물들어 가는 가을 연인처럼
한 아름의 그리움에 미소 지어 봅니다

일탈의 사랑
영글어 가는 가을날
숙성된 그리움의 공간에서
내 미음의 별 하나 찾아봅니다.

봄은 행복합니다

따스한 햇살이 내리는 오후
바람의 끝자락
옷깃을 여미는 당신을 마중합니다

내 마음 뜨락에서
봄바람에 쑥 향이 스며들어
허리춤을 감아올린 당신의 아지랑이

그리움이 머무는 시간에
따뜻한 추억 공존하는 심장은
산소 같은 당신의 애틋한 그리움입니다

오묘한 전율이 가슴으로 스며들어
그리운 생각에 젖어 울다가
노을 속에 실루엣 당신을 그려보는

봄 내음 짙은 온도의 높은 그리움
노란 달빛이 부푼 말초의 감성으로
가슴을 울리는 당신이 있어 나는 행복합니다.

제목 : 봄은 행복합니다
시낭송 : 박남숙
스마트폰으로 QR 코드를 스캔하면
시낭송을 감상일 수 있습니다

봄이 오는 소리

따스한 햇살에 맑은 하늘
봄을 시샘하는 바람은
그리움 가득한 옷깃을 여미게 합니다

커피 한 잔에 여유로
달콤한 향기 당신을 생각하고

추억의 시간을 찾아
당신 곁에 머물고 싶은 그리움 한 조각
기다림에 나는 초라한 빈 잔이 됩니다

매화의 속살을 보여 주는 봄날
햇살에 멈추어 기다림에 멍때릴 때
채움과 비움을 아직은
당신과 나눔을 하지 못했나 봅니다

고운 빛에 가녀린 몸매
당신 요염한 자태의 하얀 변산 바람꽃
봄은 당신처럼 소리 없이 오나 봅니다.

제목 : 봄이 오는 소리
시낭송 : 박남숙
스마트폰으로 QR 코드를 스캔하면
시낭송을 감상할 수 있습니다

21

천사의 종

그리움이 흐르는 여운의 자락
미완성 공간에서 마주한 눈길은
첫눈에 붉은 꽃은 향기를 피웠습니다

따사로운 햇살 좋은 날
내 마음 머무는 그곳에서
보이지 않는 별을 바라보며
지나간 추억을 생각해 봅니다

겨울이 점령군처럼 군림해도
봄은 성큼성큼 다가오고
카랑코에 테사 붉은 입술 익어갈 즘
화사한 봄날 푸른빛의 당신 숨소리

기다림의 긴 시간 속에서
당신 숨결 같은 창가에 꽃망울은
홍조 띤 짙은 꽃잎에 그리운 향기
피고 지는 천사의 종 당신을 기다립니다.

촛불

하루가 발끝에 내려올 무렵
정화수에 깃든 달님
그리움으로 불 밝히고 있다

뒤뜰 감나무 늘어진 거미줄에
걸려 있는 작은 바램
곧은 불꽃 심지에 풀어놓고
합장으로 기도의 길에 들어선다

가슴을 에워싸는 고통을 안고
기도하는 마음으로 속불꽃 바라보며
한 줌의 희망을 가슴에 피워 본다

삶의 초침이 등불이 되고
고난과 희생이 사랑으로 피면
세월의 모진 고랑 불꽃으로
선물처럼 행복이 춤추듯 날아든다.

볕이 좋아 걸었다

가을볕이 좋아서
바람도 걷고 나도 걸었다

옷자락을 적신 고운 햇살
그리운 색깔로 詩를 만들어
그대와의 거리만큼
늘어진 거미줄에 걸어 놓는다

가을볕이 좋아서
고추도 말리고 나도 말렸다
상처 난 아픔을 미소로 치유하고
빛으로 보듬어 본다

파란 하늘가 새털구름
감나무 잎에서 가을이 익어간다
어둠이 여명으로 돌아오는 날
가슴속 여백에 또 하나의 꽃을 피우자

가을빛이 좋아 나는 걸었다
불타는 들녘에 익어가는 노을에서
당신을 기다린다
그대 사랑하는 마음으로.

제목 : 볕이 좋아 걸었다
시낭송 : 박남숙
스마트폰으로 QR 코드를 스캔하면
시낭송을 감상할 수 있습니다

감염된 사랑

옷깃을 여미는 계절에
당신의 그림자에 기대어 봅니다

별을 흩뿌려 놓은 은하수 강가에서
잘 익은 숨결 하나
맑은 눈물 머금은 당신
그리움에 협주를 이루는

동행하는 길목에서
마음을 가져간 동백의 붉은 꽃
찬바람 누워 있는 들판에
그리움을 펼쳐 들고
쏟아 놓은 눈물을 담아 봅니다

사랑으로 감염된 접촉자
정제된 사랑 오묘한 마음으로
보고 싶은 당신에게
햇살 가득한 그리움을 보냅니다

바람이 전하는 말

구겨진 사진 한 장 숨어 있는 감성들
따뜻한 햇살에 한 올 한 올 엮어 놓고
기다림에 머물러 봅니다

아름다운 공간의 색 바랜 추억들
안개 속에 머무르다 바람처럼 사라지니
푸석거린 눈가에 이슬 맺힌 그리움 되어
나도 울고 바람도 울었습니다

새재의 깊은 계곡 조곡관 뒷마당에
등 굽은 소나무 걸터앉은 구름은
그리워하는 마음 하나로
힘겨운 아리랑에 허기진 그리움을 보내 봅니다

하얀 눈송이 선물 받은 날
산까치 흐느낌에 달빛은 흔들리고
겨울의 중심에서 발라 버린 산국화 꽃잎
주름진 그리움을 밤새워 걷어 냅니다.

시작하는 그리움

아침을 여는 지평선 붉은빛의 줄기는
해맑은 가을의 눈동자
긍정의 아이콘 당신에게 다가옵니다

바람의 숨소리로 글을 쓰고
부서지는 햇살로 그리움을 피워
당신 주변 언저리에 따뜻한 정을 보냅니다

감당하기 어려울 만큼의 그리움은
시작하는 겨울빛으로 찾아들고
노란 달빛에 마중 나온 목마름
뒤뜰에 쌓아 놓은 달그림자 당신입니다

밤하늘 하얗게 뿌려 놓은 별들 속의
어우러진 동행도 달빛 머금은 그리움도
그 도도한 붉은 입술 자락 당신에게 머뭅니다

내 마음의 뜨락에서 허물어진 기다림도
찬바람 서리꽃에 묻어 있는 그리움도
햇살 따스한 당신의 눈동자를 바라봅니다.

제목 : 시작하는 그리움
시낭송 : 박남숙
스마트폰으로 QR 코드를 스캔하면
시낭송을 감상할 수 있습니다

그리움의 공동체

소금꽃이 하얗게 피었습니다
주름진 삶을 잠시 놓아 버린 당신
하얗게 올라온 소금꽃
당신의 소중함을 그려보고 채색해 봅니다

나의 감성을 당신의 공간에 옮겨 놓고
갯바람이 전하는 염분
풍금 소리에 글썽이는 눈물의 결정체는
식지 않은 사랑의 밑알입니다

무게의 중심에서 깊어지는 마음의 채널
변하지 않는 순백의 하얀색
당신과 나 그리움의 공동체입니다.

산국화(山菊花)

가을바람 된서리에 멍이 든 나뭇잎
붉게 익어 버린 마음 한 조각 끄집어내
멀어진 시간을 한 뼘 당겨 놓는다

산모퉁이 언덕에 샛노란 산국화(山菊花)
그리운 얼굴 그렇게 짙어가고
만남의 간이역 스쳐 버린 낙엽
만추의 소슬바람 가슴으로 스며든다

어치의 날갯짓 그리움이 머문 자리
산국화(山菊花) 노란 꽃잎 짙어져 올 무렵
솜털 같은 구름에 찾아오는 외로움
바람 같은 가을볕이 당신을 기다린다

여물어 가는 모과의 노란 향기는
그리움의 울타리 되어
비움의 찻잔에서 채움을 생각하고
붉은 단풍이 짙어진 그리움
가슴 언저리 찬바람에 서리꽃이 피었다.

제목 : 산국화(山菊花)
시낭송 : 박남숙
스마트폰으로 QR 코드를 스캔하면
시낭송을 감상할 수 있습니다

감홍(甘紅)

바람도 머무는 새재의 하늘가
찬바람 이슬 머금은 마음에
붉은빛 가득한 고운 당신을 담아 본다

벌레 먹은 나뭇잎 사이로
갈바람 들어오고
고운 빛깔의 아삭거리는 맑은소리
흐르는 과즙에 목마른 그리움을 적신다

구름도 쉬어가는 하늘재 아래
자드락길 과수원에
보석 같은 감홍(甘紅) 맛

선홍빛 줄기에 단풍은 찾아들고
가득히 내려오는 햇살에
감홍(甘紅)이 익어가는 가을
새벽 아침의 멋 주흘산을 타고 내린다

따스한 햇살 노란 국화 익어가고
검붉은 치마 속 짙은 하얀 그리움에
비행하는 벌 나비 날아들고
당신 가슴속에서 반짝이는 별이 되고 싶다.

제목 : 감홍(甘紅)
시낭송 : 박영애
스마트폰으로 QR 코드를 스캔하면
시낭송을 감상할 수 있습니다

허수아비 뜨락에서

내 마음의 깊은 사랑도
그대 숨 쉬는 그리움도
익어가는 가을의 결실입니다

내 공간의 풀어놓은 넋두리도
안갯속에 숨겨 놓은 설익은 그리움도
좋은 또 하나의 사랑입니다

가을의 길목 9월을 바라보며
코스모스 꽃잎에서 향기를 담아
기울어진 시간을 보듬어 봅니다

바람이 머무는 하늘가
새털구름 붉게 물든 그리움의 들녘
고추잠자리 비행하는 날갯짓에
허수아비 뜨락에서 가을을 탐합니다

나뭇잎 붉게 물들어 내리는 날
화려한 역설 속에 미소 짓는 사랑으로
붉은 꽃올 바라보듯
당신에게 빠져들고 싶습니다.

물빛 나는 詩의 향기

그리움 가득한 잿빛 구름
떨어지는 빗방울에 커피 향이 감돈다

가녀린 꽃대 흔들리는 꽃잎은
눈물에 헹구고 햇살에 말리어
기도하는 마음으로
머무는 그곳에서 당신을 마중한다

하늘가 머무는 새털 같은 구름은
아름다움 속에서 詩 향에 묻어나고
맑은 바람 산책하는 남매지 호숫가에
나 여기 쉬었다 가려 한다

한 자락 아쉬움에 엮어 놓은 사연을
연꽃 추억에 그리움 포장하여
빨간 우체통 느린 마음으로 당신에게 보낸다.

제목 : 물빛 나는 詩의 향기
시낭송 : 박영애
스마트폰으로 QR 코드를 스캔하면
시낭송을 감상할 수 있습니다

봄 이야기

연둣빛 버들가지 늘어지고
밤하늘 빛으로 내려온 노란 별
하늘가 하얀 구름 당신에게 달려가듯
살며시 만개한 벚꽃 옆에 앉았습니다

척박한 땅 돌부리에 기댄 민들레
봄볕에 익어가는 하얀 마음 노랗게 물들고
매봉산 진달래 연분홍 당신 마음
곱게 접어 가슴에 넣어 봅니다

밤하늘 별 무리에 그리움을 숨겨 놓고
문고리 시간에 시나브로 다가갈 즈음
봄바람에 춤추는 연화지 하늘가
고운 사랑 머금은 벚나무 꽃비가 내립니다

풍차 날개가 돌아가는 시간 속에서
커피 한 잔의 향기로움이 입안 가득 감돌 때
그리움 목마름에 화답해 주는
그런 당신이 있어 좋습니다.

제목 : 봄 이야기
시낭송 : 박남숙
스마트폰으로 QR 코드를 스캔하면
시낭송을 감상할 수 있습니다

뜨락의 그리움

하늘가 언덕에서
그리운 하얀 눈송이가 내립니다
산수유 붉은 열매 하얀 세월에
햇살 같은 그리움 당신에게 보냅니다

내 안의 뜨락 풀어놓은 꽃잎 하나
보고 싶은 그리움 불타는 사랑
깊은 열병으로 당신을 사랑합니다

떨림으로 시작한 사랑
어둠은 빛으로 가슴에 스며들고
눈 덮인 사랑 무게만큼 깊어진다.

아날로그 감성에서 옷깃을 여미고
말을 하면 답을 주는 공통 분모가 좋다.

아름다운 희망 빛 살갗은 부드러움
강물에 흐르는 詩의 숨결
봄날에 햇살 같은 당신이 보고 싶다.

그리움 그려 봅니다

겨울 햇살이 내리는 날
시절 인연 도래되어
그리운 공간에서 긴 봄을 여행합니다

동행하는 길목에서
열린 마음 변하지 않는 정(情)
내 하얀 가슴 붉은 동백의 꽃잎처럼
설렌 마음으로 당신의 꽃잎 그려 봅니다

멈출 수 없는 깊은 그리움
해풍을 견디어 온 등대의 노란 불빛
당신의 감정을 포용하여
조용히 추억으로 들어가 봅니다

그리움의 눈물이 가득한 날
푸른 심장 공감 속에 묻혀 있는 사연
당신의 맑은 눈동자에 빠져들어 갑니다

하얀 눈송이 나목에 쌓인 모습이 아름답듯
겨울 모자를 쓴 당신 모습
내 마음 한 자락에 머문 그리움을 만나 봅니다.

기억 속에 그대

신작로 길섶
빗물 맺힌 연분홍 코스모스
기억 속에 꽃잎 추억
책갈피에서 한 움큼 꺼내어 본다

달맞이꽃 애처로움에 울고
버선발 먼저 가을을 알리는 너
달빛이 그대와 동행하니
이슬 먹은 몽우리 사랑으로 꽃잎 되었네

쏟아지는 빗줄기는 원두막 흔들고
산야에 뿌연 물안개 피어오르며
창가에 흐르는 그리움
수줍은 듯 미소 짓는 그녀를 품어 본다

초록 잎 갈잎 될 때 꽃 물결
세월의 구비에 바람 일렁이면
커피잔에서 묻어나는 진한
향기로운 그대가 꽃처럼 피어오른다.

제목 : 기억 속에 그대
시낭송 · 바남숙
스마트폰으로 QR 코드를 스캔하면
시낭송을 감상할 수 있습니다

여물어 가는 가을

따가운 햇볕 아래 연초록 잎새
불어오는 바람에 땀방울 식혀가며
수수꽃 바라보며 가을을 품어 본다

가을 하늘가 조각구름
구절초 향기에 바람 불어와
초록 잎 하얀 메밀꽃 마음을 흔든다

여물어 가는 풀 내음 짙어 오고
익어가는 가을
잠자리 날갯짓에 하얀 꽃잎
미소 짓는 당신을 가슴에 담아 본다

소금을 흩뿌려 놓은 수채화에
코스모스 마음을 그려 넣고
호숫가 은빛 갈대 윤슬에 녹아내려
가을 중턱에서 그리움을 풀어놓는다

수많은 별들 중에 당신을 만나
그리운 사랑 가슴에 담고 본다
지금도
내일도.

제목 : 여물어 가는 가을
시낭송 : 박남숙
스마트폰으로 QR 코드를 스캔하면
시낭송을 감상할 수 있습니다

봄날에

따스한 햇볕 돌담에 기대어
봄의 씨앗 심어 놓고 귀 기울이는 3월
길 잃은 하얀 눈꽃 송이
주인 없는 틈새에서 가슴을 열어 본다

겨울을 보내고 봄을 벗 삼은
매화의 붉은 잎
추적이는 빗소리 그리움을 마중한다

노란 별 내려앉은 산수유 꽃망울
이슬 같은 봄비에 푸른빛이 돋아나면
보고 싶은 그대가 봄처럼 오시려나

사랑의 씨앗을 바구니에 담고
그리움이 빗물처럼 가슴에 젖어 들면
연둣빛 사랑으로 그대를 맞으리라.

제목 : 봄날에
시낭송 · 빅남숙
스마트폰으로 QR 코드를 스캔하면
시낭송을 감상할 수 있습니다

어머니의 호미

장독대가 제집인 양
꽃을 피우는 접시꽃에
잠자리는 사랑을 갈구합니다

구수한 된장국에
호박잎 한 움큼이면
어머니의 사랑이 듬뿍 끓여집니다

풍상 속에서 걸어오신
어머니라는 명사는
강물의 끝을 잡고 말없이 흘러갑니다

꽃이 피고 져도 오직 당신은
밭일이며 들일이며 호미가 단짝이었던 그 시절
중년에 서고 보니 당신의 아픔이
가슴에 눈물로 적셔 옵니다

가마솥 구수한 숭늉 한 그릇에
그리운 어머니 미소가 담겨 있습니다.

제목 : 어머니의 호미
시낭송 : 박영애
스마트폰으로 QR 코드를 스캔하면
시낭송을 감상할 수 있습니다

보름달의 눈물

만월(滿月)의 그리움이
나뭇가지에 걸려 떨어질 때
고운 미소 당신이 생각납니다

아침을 여는 정월 대보름
당신의 손놀림 부럼에 시절 음식
달빛 내리는 장독대 당신이 모습 그립습니다

노란 달빛 내려오는 내 안의 뜨락에
온누리 밝음을 마음으로 보내시고
따뜻하게 품은 사랑
희미한 기억 눈물을 훔치어 봅니다

봄이 오는 길목 겨울 끝자락
메마른 가슴에 당신 사랑을 얹어 놓고
애틋한 그리움에 만월(滿月)을 바라보며
꿈속의 당신 모습 기다려 봅니다.

인연의 끈 닻에 달고

찬바람 머물러 있는 그 자리
계절의 끝자리 깊은 겨울에
당신은 하얀 서리꽃으로 나를 기다린다

기름진 텃밭에 씨앗 여섯 개 심어 놓고
골고루 물을 주고 가꾸어서
여기저기 옮겨 심어 놓고 미소 짓는 당신

노란 달빛 내려오는 장독대에
정화수 올려놓고
그리움이 가득한 마음으로
가슴 깊이 스며들도록 안녕을 놓고 있다

세월은 노쇠하여 기억은 멀어지고
뿌리 깊은 인연에 눈빛으로 말을 한다
색 바랜 심장 한편에 그리움을 얹어 놓고

물안개 피어나는 강 건너 돛단배에
이제는 베푸는 인연의 끈 닻에 달고 싶다.

제목 : 인연의 끈 닻에 달고
시낭송 : 장학순
스마트폰으로 QR 코드를 스캔하면
시낭송을 감상할 수 있습니다

41

어머니의 놀이터

아침햇살이 울타리 넘어올 즘
호박 덩굴 한 뼘 더 자라나고
어머님의 발걸음 소리에
흩어지는 참새가 하루를 열어 봅니다

텃밭이란 둥지에 사랑을 심어 놓고
다 닳은 호미로 감자를 캐어
때때로 아들 딸내미 부르는 소리에
주름진 이마 웃음꽃이 활짝 핍니다

빛바랜 나달 속에 돌담은 허물어지고
볕이 찾아드는 임자 없는 놀이터
들풀 속에 피어 있는 보랏빛 도라지꽃
파란 하늘가에 꽃구름 같은 사랑
뒤늦은 깨달음에 가슴이 아파져 옵니다

시골집 처마 아래 떨어지는 붉은 노을
빨랫줄에 잠자리는 가을을 당겨 놓고
별빛이 내려오는 실개울 푸른 수풀에
개똥벌레는 그리움을 찾아다닙니다.

제목 : 어머니의 놀이터
시낭송 : 박영애
스마트폰으로 QR 코드를 스캔하면
시낭송을 감상할 수 있습니다

당신이라는 꽃

수많은 별 중에
당신의 옷자락을 잡은 인연이 되고 싶다

입춘이 지난봄 찬바람 속에서
매화의 붉은 꽃 몽우리는 부풀고
파란 하늘에 따스한 햇살은 가슴으로 스며든다

별도 달도 숨어 버린 공간에서
시간은 빛을 토하지 못하고
침묵을 깨우지 못했다

흔들리는 촛불에 촛농은 흐르고
고운 모습 꽃잎 되어 문풍지 펄럭이는
초가집에서 당신은 유영한다

살며시 잡은 손등에 고랑 진 인생
감은 눈가에 맺힌 이슬진 주마등은 스쳐
내 가슴 높은 기압의 전율이 흐른다

아 어떻게 하나
보고 있어도 보고 싶은 꽃인데.

제목 : 당신이라는 꽃
시낭송 : 박영애
스마트폰으로 QR 코드를 스캔히면
시낭송을 감상할 수 있습니다

43

눈물 젖은 詩

보리밭에 흐르는 바람
그렇게 하얀 꽃잎도
아련한 그리움으로 떨어지고

파란 하늘가 조각난 구름 속에
키 작은 햇살은 사뿐히
수양벚꽃 등에 없고 봄처럼 옵니다

그리움은 봄을 적시고
이슬 같은 눈빛의 당신은
시인의 언어 그리운 빛을 찾고

연둣빛 자연은 물들어 가는데
익어가는 추억
당신은 그 자리에 머물러
눈물 젖은 詩로 가슴을 적십니다

4월 봄을 캐는 길목의 제비꽃
메마른 눈물의 길 걸어 봅니다.

아버지의 시간

지게에 묻어 있는
삶의 무게
바람에 더듬어 봅니다

당신의 고단함이
힘없이 벽에 기댄 채

삶의 고단함이
중년이 되어 알았습니다

자욱한 안개 속에
잃어버린
당신 모습 그립습니다.

눈물이 얼굴을 타고 내릴 때

봄을 시샘하는 싸늘한 바람이
가슴을 훔치어 나는 한참을 울었습니다

가슴에 얼굴을 묻고
시침(時 針)이 한 바퀴 돌도록
메마른 목구멍에서 울컥거리는 그리움과 사랑이
띄는 심장의 엇박자에 뜨거운 눈물이
얼굴을 타고 내립니다

가슴까지 젖어 버린 축축한 마음
봄의 길목에서
겨울을 배웅하듯 당신을 보내려고 합니다

오열하는 영혼은 사막의 모래바람 속에서
결점이 소리 없는 메아리로 돌아와
갈기갈기 찢어진 가슴 또 한 번 단장을 녹입니다

달무리 곱게 그리움이 짙은 날
노란 달빛에 사랑을 담아 가시는 길 불 밝힙니다
중년이 되어서야 알았습니다
당신의 사랑이 맑은 영혼도 울린다는 것을

가슴에 품은 농익은 사랑으로
그리움 가득한 빛 당신을 잊지 않겠습니다
어머니 당신을 사랑합니다.

제목 : 눈물이 얼굴을 타고 내릴 때
시낭송 : 박남숙
스마트폰으로 QR 코드를 스캔하면
시낭송을 감상할 수 있습니다

당신을 배웅합니다

당신의 체온으로 사랑을 받았습니다
당신은 고운 꽃이었습니다

강 건너 봉생마을 어귀의 느티나무
연초록 잎사귀 바람에 출렁일 때
아침햇살 가득한 야트막한 산사
무량수전 추녀의 끝 풍경소리 내려올 즘

지장경 독경에 촛농이 흐르고
반야심경 목탁 소리에 향을 사르니
짙은 별 무리 속의 별이 되신 당신
연분홍 꽃비 내리는 날 배웅을 합니다

솜털 같은 민들레 홀씨 하나 하늘을 나르다
밭두렁 바위틈 언저리에 내려앉았습니다

살랑이는 봄바람에 시절 인연 도래되면
그때 봄볕과 함께 마중하여
내 가슴속 그리움 한 움큼 끄집어내어
당신을 위하여 꽃을 피우겠습니다.

 제목 : 당신을 배웅합니다
시낭송 : 박영애
스마트폰으로 QR 코드를 스캔하면
시낭송을 감상할 수 있습니다

칼국수와 어머니

한여름 초저녁
풀잎 냄새 짙은 시골 마당
까만 밤하늘에 반짝이는
별들을 바라보면서 멍석을 깔아 놓는다

60촉 백열등은 마루를 흔들고
당신은 홍두깨로 반죽을 밀어낸다
암반 위에 칼질 소리 끓여 놓은 칼국수
진한 야채 육수에 온 가족 둘러앉는다

새잦뜰 밤하늘에 강이 흐르고
쏟아지는 별 무리에 북두칠성을 찾는
그리운 내 고향 용마골(꼴)
누렁소 풍경소리에 모깃불을 흔들고

바람같이 지나간 고향의 그리움
가슴을 여미는 노래 같은 어머니
벌거벗은 나목이 지난날을 그리워하듯
머무는 세월에 그리움
칼국수 같은 당신을 찾는다.

하늘로 흐르는 강

안갯속에 숨어 버린 강변의 메마른 갈대
봄날 버들꽃 부풀듯 그리움은 커져만 가고
믹스 커피에서 묻어나는 구수함은
과거가 되어 버린 지난날을 생각나게 합니다

겨울이 잉태한 봄이 찾아오고
그 따스한 봄볕으로 다가온 당신
파란 하늘가 하얀 구름 미소 짓는 얼굴은
춘삼월 이름으로 얼어붙은 마음을 녹입니다

허물어진 이 작은 가슴은 얼마나 더 아파야
눈물이 멈추어집니까
내 작은 심장의 소리는 얼마나 더 요동쳐야
슬픔이 멈추어집니까

태초의 인연으로 당신을 만나 받은 사랑은
천년을 갚아도 다 갚지 못하는 업으로 주시고
한 떨기 꽃이 되고 밤하늘 별이 되시니
빙하가 녹아내리듯 슬픔이 망연(茫然)하여
촉촉이 젖은 눈가 푸석푸석 그립니다

당신이 자주 머물든 산사 법당의 추녀 끝
어디선가 불어오는 봄바람
아 풍경소리 정아하다.

제목 : 하늘로 흐르는 강
시낭송 : 박영애
스마트폰으로 QR 모드를 스캔하면
시낭송을 감상할 수 있습니다

비 그리고 그리움

잔잔한 빗소리에
눈을 감는다
가랑비 머금은 나뭇잎
그리움 가슴까지 젖어 들고

수많은 사연의 추억 속에서
그리운 당신 모습
오늘 유난히 보고 싶어집니다

머릿결에 숨어 있는 기억들
안개처럼 피어나고
해맑은 당신 얼굴
내 붉은 심장을 노크한다

시절 인연 도래되어
그리움 깊어지고
사랑은 가슴으로 설렘을 느낀다.

감성의 붓

마음의 빗장을 열어
화선지에 수묵을 쏟아 놓고
공감의 여백에 못다 한 꿈
먹빛 머금은 붓끝이 꿈틀거린다.

봉생정

조령산 자락에
흐르는 물
희양산의 이슬을 만나
마주치는 용연에

나지막한 야산
봉생정
낮은 담장
멋스러운 현판

봉황의 날갯짓에
물든 추색의
오죽과 노송이
떠나간
당신을 기다린다.

동백꽃

파란 하늘
붉은 꽃잎의 촉촉한 입술
가슴에 담아

당신이 그리울 때
바라보고
한 송이 꽃을 피운다

가슴 아픈 사랑
그리운 물결을 이룰 때
동백은 가슴 아리는 눈물이 되고

눈 속에 동백은
그리움을 바라보며
고개 숙여 바닥에서 기다린다.

기다림

시작과 끝의 공간에서
하얀 매화는
아침을 열어 놓는다

당신 머무는 곳에서
펴놓은 활자가
깃털처럼 가볍고
참새처럼 자유롭게 찾아든다

파란 하늘가 꽃구름에
고운 詩 걸어 놓고
봄바람 파고들듯 들어온 당신

봄이 오는 길목에
그리움 숨겨 놓고
사랑을 포장하여
노을 속에서 당신을 기다린다.

사랑의 곡선

국화꽃 몽우리 곱게 피어오르고
미루나무 끝자락 까치집
파란 하늘 하얀 구름 바람 없이 물결친다

푸른 치마 붉은 고추 가을이 익어가고
잠자리 빨랫줄에 걸터앉아
늘어진 거미줄을 물끄러미 바라본다

윤슬이 내려놓은 호반의 풍경
수채화 한 폭 물 위에 그려지고
소나무 끝자락 한 쌍의 백로 그리움을 그린다

나뭇잎에 묻어나는 사랑의 곡선
당신 마음 한 자락 추억
깊어져 가는 가을에 그리움이 흐른다.

제목 : 사랑의 곡선
시낭송 . 박남숙
스마트폰으로 QR 코드를 스캔하면
시낭송을 감상할 수 있습니다

가을 이야기

돌담 위에 노란 호박도
코스모스 꽃잎에도
익어가는 가을 당신이 있습니다

안개에 젖은 나뭇잎
벌레 먹은 구멍으로 가을이 들어오고
고추잠자리 날갯짓에
머뭇거린 붉은 그리움을 마중합니다

추억의 공간에는 음악이 흐르고
들녘에 햇살이 익어갈 무렵
강가에 쑥부쟁이 한 아름 피었고

바람도 머무는 하늘가 하얀 구름에
당신에게 가을 詩를 남겨 봅니다

나뭇잎에 묻어 있는 빛깔 좋은 햇살이
파란 하늘에 짙어질 때
그리움의 편지를 당신에게 보냅니다.

제목 : 가을 이야기
시낭송 : 박영애
스마트폰으로 QR 코드를 스캔하면
시낭송을 감상할 수 있습니다

겨울에 피는 꽃

햇살 쏟아지는 창가에
부푼 꽃망울 속살 아우러져
백옥 같은 당신 모습
여전히 가슴속 여백에 남았습니다

연약한 꽃대 가녀린 사랑
솜틀 같은 숨결 겨울 앵초는
하얀 꽃잎 그대로 곱게 피었는데
여전히 난 머무는 그 자리에 있습니다

바람 불어 가로등 불빛이
휘청거릴 때
푸른 치마 하얀 저고리
그 맑은 꽃향기를 피워 봅니다

겨울에 피는 꽃 가고소 앵초
하얀 눈송이 내리는 골목길에서
당신을 바라보는 그리운 사랑
내 마음의 꽃입니다.

바보들의 이야기

가을 햇살 짧은 날
길을 걷는다
붉게 멍든 낙엽 쌓인 숲길을

좁은 공간에서
창밖을 물끄러미 보고 있을 당신

가을바람에 멍이 든 나뭇잎
그리움 세 글자에 눈물이 흔들리며
바보가 된 당신
또 하나의 바보는 바보를 놓지 않습니다

긴 겨울을 품고 있을 당신
따스한 봄날 영근 햇살처럼 다가와서
붉은 낙엽 허공을 비행하듯
그렇게 그리움 두고 바람이 된 당신

오늘은 당신이 머무는 그곳
그 들길을 걸어 봅니다
그리움이 중독된 당신이 있는 그 길
참 산이 푸르듯 붉습니다.

제목 : 바보들의 이야기
시낭송 : 빅영애
스마트폰으로 QR 코드를 스캔하면
시낭송을 감상할 수 있습니다

겨울 여행

벽을 타고 돌담을 걷고 있다
붉은 청춘을 업고
싱그러운 햇살에 강변을 바라보고
사부작사부작 조심스럽게

입술 같은 붉은 잎 곱게 받쳐 들고
바람의 춤추는 한 떨기 꽃잎처럼
당신의 향기에 가을도 춤을 춘다

계절의 끝자락 노란 단풍 빨간 단풍
바닥에 곱게 내려놓고
국화 향기 등에 업은 갈색 나뭇잎
당신에게 가을바람으로 보낸다

그리운 등줄기에 세월을 얹어 놓고
심장의 붉은빛 산중에 흩뿌리니
한 아름의 그리움 가을 보고 울부짖는다

붉은빛 사랑아 노을빛 그리움아
익어가는 담쟁이 당신 품속 깊숙이
그리움 두고 긴 겨울 여행을 준비한다.

제목 : 겨울 여행
시낭송 : 박영애
스마트폰으로 QR 코드를 스캔하면
시낭송을 감상할 수 있습니다

화본역(花本驛)

낭만의 정취가 숨 쉬는 화본역
철길 건널목
자연과 어우러진 담장 벽화에 쉬어간다

고즈넉한 마을에 삼국유사
옛날을 이야기하고
간이역에 칼국수 입맛 여행을 한다

진초록 느티나무 아래
붉은 입술의 핫립세이지
하얀 피부 고운 미소 당신을 질투합니다

담쟁이덩굴 푸른 잎 감아올린
낡은 콘크리트 급수탑
역동의 증기 기관차 희망의 굵은 목소리
기차 소리는 그 안에서 들린다.

망초의 경배

파란 하늘에 조각구름들
가슴으로 스며드는 바람의 향기

화려한 목단꽃에 자줏빛 핑크 물리
흩어진 사랑을 초원에 모아
고개 숙인 대추가 가을을 부른다

넓은 초원 위엄있게 호령하는
조문국 메아리는
말발굽에 파인 박물관에서 살아있다

가을의 길목에 잠자리 수놓는
왕릉과 고분 앞에
개망초는 홀로 남아 경배를 하고

풀잎 향기는 촉촉이 젖어 드는
빗방울에 풀 내음은 조문국 허리를 적신다.

바람의 언덕

덩굴 헤엄치듯 올라가는
화산마을 산 끝자락
청화국 오묘하게 피었다

800고지 오지 마을
운무 가득한 하늘 첫 동네
바람 내려와

춤추는 붉은 패랭이의
맑은 미소
당신을 닮아 사랑스럽다

풍차가 돌아가는
바람의 언덕
전망대 호수에서
詩 한편 건져 올린다.

주흘산(主屹山)

조곡천 계곡의 비경 주흘산
뜨거운 태양을 나뭇잎이 가리고
시원한 바람이 계곡의 더위를 삼킨다

관봉과 주봉 영봉의 봉우리는
수많은 사연 애잔함을 토해내고

승천하는 龍 웅장한 계곡은
새들도 감탄하고
푸른 숲의 명산은 구름도 쉬어간다

대궐 터의 옹달샘 목젖을 적셔주고
홀아비바람꽃은 깊은 산속
무명치마 화려함에 땀을 적시어

바라보는 운무가 발밑에서 벗겨지고
나뭇잎 물결이 하늘 아래 출렁이니
잦아오는 바람도 거친 숨을 쉬고 있다.

12월의 흔적

가을이 떠나간 12월
나목은 옷을 벗고 속살을 보여주고
마디마디 쓸고 간 겨울
외로운 가슴 하나 울림으로 남는다

퇴색된 나뭇잎
가지 끝에서 떠나지 못하고
침묵 속에 잡념이 꽃을 피우는
흔적 없는 마음을 보듬어 준다

산수유 붉은 열매 뿌려 놓은 하늘가
토담 앞에 붉은 입술은
사랑의 전유물 되어 파고들고
심장 속 기억으로 끌어들인다

쏟아지는 햇살에
찬바람은 꺾어 불고
마주한 눈빛은 혈관으로 전이되어
공감 속에 만난 인연 애틋하게 스며든다.

인동초(忍冬草)

산기슭 붉은 꽃 인동초
이슬 같은 눈망울에 그리움이 쏟아지고
인연의 덩굴 가슴으로 스며든다

서리맞은 바람에 견디어 온
가녀린 덩굴 인동초 묻어나는 당신
쌍떡잎 찻잔 속에 노란 향기를
그리운 추억 하늘가 여백에 그려 본다

하늘 향한 꽃대 고개 숙일 때
초록 잎 받쳐 든 꽃망울 피어나고
강 건너 조약돌 애증의 모습으로
잊혀 가는 세월 속에 당신을 찾는다

하얀 꽃 노란 꽃 피고 진 자리
머무는 그 자리에 반짝이는 흑진주
당신의 뜨락 한 아름의 향기
사랑의 인연 바람으로 전한다.

그대 그리고 나

소슬바람에 힘들어하는 그리움
한 짐 답답함을 지고 들어온 햇살은
다 소화하지 못하고
깊은 겨울 속으로 밀어냅니다

보고 싶다는 한 조각의 사랑
잊을 수 없다는 인연의 촛불로 남아
돌아오지 못하는 계절의 바람이 되어
긴 기다림을 되새김질합니다

하늘가 하얀 눈송이 얼굴을 타고 내려와
또 하나의 추억을 만들고
마지막 남은 달력의 숫자들
가슴 시리도록 차가운 그리움을 토합니다

바람이 묻어 있는 강가의 갈대숲
겨울 햇살은 얽힌 그리움의 끝을 찾아
부표처럼 떠 있는 감성을 움켜잡고
시간의 흔적 속에서 당신을 기다려 봅니다.

제목 · 그대 그리고 나
시낭송 : 박남숙
스마트폰으로 QR 코드를 스캔하면
시낭송을 감상할 수 있습니다

가을의 풍금 소리

조령산 단풍이 붉게 물들었다
불빛이 머무는 좁은 공간
흩어진 추억 그리움을 주워 담는다

채워지지 않는 아쉬움 속에서
하늘을 바라보며 기도하는 마음으로
조령산에서 내려오는
가을 살갗의 고운 단풍잎을 가슴으로 느낀다

서로를 부둥켜안고 울어대는 갈대밭에
가을바람은 지나가고
달빛 내려오는 그리움이 나를 불태운다.

커피 한 잔을 마시고
주흘산에서 내려오는 붉은빛으로
파란 하늘가
추억의 풍금 소리를 가슴에 넣어 본다

기울어진 시계추에 그리움을 매달고
들녘에 허수이비 미소 짓는 그날까지
울고 웃는 아름다운 추억 만들어 본다.

노란 괭이밥 풀꽃

풀잎 위에 아침이슬
도로록 구르듯 그대 맑은 목소리
내 가슴으로 찾아들고

7월 익어가는 여름 한낮
여우비 그리움을 몰고 올 즘
연약한 꽃대 노란 괭이밥
그대 마음처럼 맑고 곱게 빛이 납니다

소낙비처럼 쏟아지는 땡볕
기다리다 누워 버린 들꽃 괭이밥
스치는 바람에 고개를 돌려
느린 사랑 하얀 마음 당신을 찾아서

구겨진 노을이 찾아든 논두렁길
붉은 구름에서 내려온 그리움은
노란빛의 푸른 심장
나 그대에게 고개를 돌려 봅니다.

구이초의 삶

하얀 바람 가슴을 스치던 날
담장 너머 익어가는 인동초
흩어진 마음 한곳으로 끌어와
자박이는 내면을 들여다본다

주흘산 주봉 기운 받은 청춘
내 삶의 수레바퀴 회전하는 공간에서
미완성 퍼즐 조각을 모아 엮고
모가 난 마음을 다듬고 사포질해 본다

토끼비리 깎은 절벽 모퉁이
유월의 녹음방초 화려한 초록빛
그리움이 피고 지는 여름날에
문을 열어 불 밝히는 그대가 있어 외롭지 않다

담장을 타고 가는 덩굴장미
물끄러미 눈으로 만져 본다
담벼락에서 두레박 퍼 올리는 골목길
해바라기 익어가듯 삶도 영글어 간다

힘찬 줄기 뻗어가는 구이초의 발걸음 소리.

* 주흘산 : 주봉·문경소재 산
* 토끼비리 : 문경 진남교반 근처 옛길

69

그대가 있어 외롭지 않다

시간적 공간에서 잃어버렸던 꽃잎은
부호의 느낌으로 추억이 살아나
교차하는 비바람에 강산(江山)이 바뀌었다

꽃 몽우리 몽글몽글 피어올라
타원형 나팔꽃처럼 오밀조밀 고개 들어
연한 홍색 고운 빛깔 그대의 볼과 같다

짙은 황색 한두 잎
새끼줄에 끼워 넣어 건조실 매달고
화구에 불 지피는 또 한 번의 회상은
그리움만큼 초록색 색채를 띤다

달빛이 내려오는 시간
흔들리는 백열등 아래에서 졸음을 주고받는
가족의 협력 공간 연초 잎으로
함께히는 그곳을 달려가 본다.

제목 : 그대가 있어 외롭지 않다
시낭송 : 박영애
스마트폰으로 QR 코드를 스캔하면
시낭송을 감상할 수 있습니다

활자의 만남

가을바람이
그리움
한 조각에 익어갈 즘

사랑의 아픔에
푸른 입술
붉은 심장이 멎는다

인연이란 활자에
하얀 나비
사랑에 울고 취하고

詩 음률
리듬의 기억은
깊은 상념 속에서 사랑을 꿈꾼다.

어떻게 하오리까

너무나
사무침이 깊어서
가슴속
그리움이 깊어서

찬바람
불어오는 길섶에
머물러 있습니다

가로등 밑에서
기다려도
오지 않는 그리운 임

너무나 보고 싶어
가슴 찢어지는
나는
내 마음은 어찌하오리까.

가슴으로 지는 노을

황금빛 가을 향연에
사랑도 무르익는
신선한 9월의 아침

풀 내음 피어오르는
물빛 나는 강물도
보랏빛 칡넝쿨도
가을 태양 빛에 영글어 간다

타오르는 붉은 인동초
움켜쥔 노을 속에서
울부짖어 사랑
붉게 물들어간다

마음 밝힌 촛불
그리움 잠재우고
바람 따라 걷는 그리움
기슴속 사랑은 영글어 간다.

그립습니다

추억은
거미줄에 걸리고
사랑은 멈추었다

꽃향기는
바람 되어 그리움만
커져만 가고
언어는 아픈 뇌를 자극한다

생각은
공간 속에 멈추고
그리움은
그대 꿈속에 두고 나온다

사랑과 그리움은
차 한 잔에 조각난 시간을 탐한다.

그리움이 꽃을 피운다

싱그러운 7월
한줄기 소나기에 목젖을 축인다

스며드는 바람에 소박한 풀 내음
찻잔 속에 그리움 가슴을 적신다

한 뼘의 공간에서 기다림의 미간은
늘어진 거미줄에 허덕이고
달콤한 그리움 화면 속에서 머문다

저리는 상처는 그리운 인연으로
한 떨기 바람 되어 가슴에서 꽃을 피우고

또 하나 그리움은
파란 하늘가 한 떨기 꽃이 되어
꽃잎 같은 조각구름 속에서 사랑을 적신다.

비 오는 날의 추억

봄비 내리는 날
나뭇가지에 맺힌 이슬방울
당신의 눈동자처럼
짙어지는 연둣빛 속살을 드러낸다

길을 걸으면 동행을 하고
비 오는 날이면 추억이 우산 속으로
더욱 선명해지는
한 조각 꽃잎이 내 푸른 심장을 뛰게 한다

눈가에 맺히는 이슬은
그리움의 공간에서 멈출 줄 모르고
커피 한 잔에 오늘도 또 그렇게
내 마음 당신의 향기에 머무른다.

매봉산

찔레꽃 무성한 징검다리 개울가
꽃잎 떨어진 자리 진초록 피어나도
허전한 발걸음 무겁기만 하다

풀피리 꺾어 불던 까까머리 소년은
반백의 그리움 가슴에 묻고
불어오는 바람결에 허전함을 토한다

길가에 얼굴 내민 제비꽃에
그대 얼굴 포개어지니
산을 오르고 올라도
보고 싶음을 달래지 못한다.

어느 봄날에

따스한
봄날 오후
산책을 합니다

개울가
하얀 찔레꽃
민들레
바람은 살랑살랑

라일락
짙은 골목길
당신 향기
봄바람 휘청입니다

봄날
징검다리
보고 싶은 날입니다.

소나무에 걸린 그리움

8월의 불볕 태양 소나무 숲속에
싱그러운 풀잎 향기
불어오는 바람에 그리움이 숨을 쉰다

왜가리 강가에서 세월을 낚시하고
솔밭 정자에 쉬고 있는 길손은
밀려오는 여름을 부채로 밀어낸다

그리운 얼굴을 구름 뒤에 숨겨 놓고
허공에 머무는 향기를 찾는
용틀임의 담쟁이
소나무와 사랑하고 바람에 쉬어간다

솔밭의 터줏대감 밧줄 내리어
바람과 연애하듯 그네를 구르고
그리움이
사랑을 펼쳐 들고 대정 숲을 유영한다.

옥수수가 익어간다

7월의 태양은 무쇠솥을 달구고
한줄기 소낙비 초록 물결 내리어
장독대 청개구리 노래를 한다

옥수수 감아올린 강낭콩 줄기
내 마음과 그네를 타고
소낙비에 시골 풍경 덧없는 마음

하늘가 달님은 빨랫줄 타고
옥수수에 이야기꽃
풀벌레 소리는 깊은 밤을 불러온다

잊지 못하는 옛 바람이 불어와서
별을 생각하고
삶은 옥수수 바라보니 생각나는 그리움
당신이 그립습니다.

보리수

상쾌한 아침
진초록 이파리 뒤편에
살며시 숨어서 붉은 열매 미소 짓는다

개구쟁이 놀던 시절에
산기슭 언덕에서 훔쳐먹던 보리수
그때 그 열매 그 추억이 그리워진다

햇살 좋은 오후
담장 넘어 고운 빛깔 붉은 보리수
당신의 붉은 입술 되어
가슴에 내려앉아 사랑의 불을 지피고

노래하는 6월은
그리움과 한 몸 되어
맑은 하늘가 하얀 구름 되어
당신에게 흘러간다.

연화지

한적한 숲속에 고개 내민 봄
필름 같은 추억 스쳐 가고
고운 모습 당신이 생각난다

꽃비 내리는 연화지
토담 위에 꽃잎은 내려앉고
봉황의 날갯짓에 호숫가 파문이 인다

꽃잎 같은 당신의 머릿결 바람에 날리어
코끝을 스치는 향기에
내 마음 깊은 곳 사랑의 밀알이 되었다

회화나무 아래에서 마주친 눈빛
연화지 맑은 물결
사랑도 붉은 심장도 당신의 숨소리에
빛의 조각 그리움으로 남았다.

문경 오일장

문경 오일장 가는 길
설렘으로 여행을 떠나듯
그리운 봄마중을 나간다

향수가 머무는 그곳
봄동에 미나리 향기는
장터 골목을 걸어 다니고

대폿집 유리창에 붉은 글씨
파전에 막걸리
훈풍에 인심이 문을 열었다

멈출 수 없는 향수의 맛
국화빵에 어묵 국물
고향의 손맛 칼국수가 오장(五臟)을 채우고

비좁은 장터 골목길
비릿한 물미역이
사부작사부작 봄을 걷는다

문경새재를 걸으며

새재의 고갯길 먹구름이 헐떡이니
떨어지는 눈송이 그리움 되어
얼어붙은 옛길 들머리에 내린다

벌거벗은 나목의 야위어진 나뭇가지
개울가 청록색 맑은 물 당신 모습
그리워하는 봄날 기다려 봅니다

벗도 그립고 당신도 그립고
얼어붙은 물레방아 내 마음 같아서
흐르는 그리움에 고드름이 되었습니다

조곡관 약수터 동장군 자리 잡고
바람이 말을 하고 솔가지 답을 하니
떨어진 낙엽이 허공을 가르고

눈 내리는 겨울
하얀 솜털에 속살을 내미는 갯버들도
봄을 기다리는 얼음 속에 낙엽도
소리 없이 찾아오는 봄날에
햇살 같은 당신을 기다려 봅니다.

반창회

산국화
노랗게 익어가고
짙은 노을이 문고리를 연다

깊어 가는 가을 밤하늘
달빛 아래 소주 한 잔
골동품 추억을 풀어 놓는다

해어진 보따리에
변하지 않는 이야기들
그 웃음소리에 백열등은 흔들리고

바람이 머무는 곳 문경새재
같은 공간 그리움 하나
기울여진 시간 속에 음악도 흐른다

깊은 산속에 새벽은 밝아오고
아름다운 추억하나
안갯속 더듬어 숨겨 놓는다.

청수골의 은행나무

가을 끝자락
단풍은 가을바람에 흩어지고
안경 속으로 들어오는 청수골 풍경은
위풍 같은 산세에 시인은 흥분한다

서원의 문고리 선비 손에 다 닳고
창살에 쌓인 글 읽는 소리
계곡으로 넘쳐흘러
물소리 새소리에 한 곡조를 이룬다

벌거벗은 은행나무
세월의 꼭 진 사연 마디마디 맺혀 있고
추녀의 풍경소리 청아하게 울리니
멋스럽게 내려오는 은행잎 리듬을 탄다

샛노란 가을 향기 기왓장에 내려앉아
한 소절 송독에 빗장이 열리어
유림의 학문 강론 노란 비에 노란 글씨
운곡서원 맑은 햇살 노란 꽃을 그려 본다.

제목 : 청수골의 은행나무
시낭송 : 박남숙
스마트폰으로 QR 코드를 스캔하면
시낭송을 감상할 수 있습니다

선비화

하얀 꽃 이팝나무 바람에 살랑이고
아카시아꽃 짙은 향기 코끝을 스쳐온다

오월의 파란 하늘
한 아름의 은행나무 짙은 녹음 속에
부석사 일주문은 반갑게 열어준다

장엄한 무량수전
천년의 세월 속에 숨겨 놓은
조사당 추녀 아래 선비화
소백산 기슭에서 기염만장 토한다

봉황산 끝자락의
수수꽃다리의 짙은 전설의 사랑
당신의 꽃밭에 향기로운 덧칠을 해본다.

그리움

맑고 산소 같은
공간에서
볕을 당겨 놓고

바람 뒤에
묻어온 그리움

파란 하늘가
빨랫줄에
詩를 써서 걸어 본다.

신발의 무게

봄볕에 얼굴
붉게 익어갈 무렵

하루의 해는
한 뼘 걸어가고

발끝에 노을
허물해진 신발이 무겁다.

하늘빛에 젖은 날개

쟁반 같은 푸른 잎에
보랏빛 가시연꽃 당신을 만난다

초록빛 햇살이
그리운 공간을 말릴 때
나뭇잎 속살에 머무는 여름은
허리춤에 숨어들어 9월을 바라보고

산 능선 노을이 꽃을 피울 때
산을 물속으로 숨어 버리고
하늘빛에 젖어 날개는
당신의 그리움에 중독이 되어 간다

짧은 추억에 퍼덕이는 가슴을
한 줄의 시(詩)에 담아
그리움 무성한 당신의 정원에서
푸른빛 햇살에 정화를 시켜 놓고

별빛 묻어나는 그리운 인연
노란 해바라기
시계방향 동행으로 이정표를 돌린다.

삶의 포물선

알알이 둘러앉은 노란 산수유꽃
따스한 햇살 맞은 의자에 앉아
스치는 바람에 먼 산을 바라본다

삶도 그러하듯
외로움에 그리움이 마음 한가득
찾아오는 봄의 매화
보고 싶다는 울림에
깊은 가슴을 열어 본다

지친 노을 서산마루에 기대어 오면
발걸음은 어느 순간 길모퉁이 끝
무상의 덧없는 시간 뒤돌아본다.

산을 닮은 꿈을 만들어 봄을 채색하고
삶의 포물선 여유로움을 채워가며
연둣빛 봄날 미소 짓는 목련처럼
그런 중년의 능선을 걷고 싶다.

제목 : 삶의 포물선
시낭송 · 박남수
스마트폰으로 QR 코드를 스캔하면
시낭송을 감상할 수 있습니다

허수아비

가로수 은행나무
노랗게 물들어 바람에 일렁이고
황금빛 들녘 가을은 익어 갑니다

하늘빛 하얀 구름에
낯설지 않게 걸려 있는 외로움은
오늘은 더욱
쓰나미처럼 짙은 그리움으로 밀려옵니다

새처럼 가벼운 깃털 같은 당신
등불처럼 가슴을 훔치며
부정과 긍정을 오가며 가을을 가져갑니다

들녘의 허수아비 옷자락이
갈바람에 펄럭일 때
가을처럼 아름답게 물든 용기와 희망으로
따뜻한 햇살 같은 응원을 보냅니다

붉은 나뭇잎에 詩를 쓰고
사랑을 채색하는 당신이 보고 싶습니다.

여름을 감아 버린 더덕꽃

태양의 조각들이 펄럭이고
배롱나무 연분홍 꽃
뜨거운 햇살을 가슴으로 품는다

8월의 폭염
목청껏 울어대는 매미 소리
쏟아지는 그리움도
바람 속에 허공을 가르고

더위 속에 날기를 거부한
참새도 맥을 놓고 눈살을 찡그린다

푸른 잎에 숨은 청포도
쏟아지는 여우비에 몸을 맡기고
옥수수밭에서 건너온
더운 바람에 날개부터 말려 본다

진한 향기의 더덕꽃
그리움을 감아 버린 당신
시어를 하나 찾아서
소리 없는 어둠 속에서 달려간다.

제목 : 여름을 감아버린 더덕꽃
시낭송 : 박영애
스마트폰으로 QR 코드를 스캔하면
시낭송을 감상할 수 있습니다

가을 수채화

가을 언저리 안개비 내리던 날
산허리 휘감은 안갯속을
물끄러미 바라다본다

나뭇잎에 고이는 빗방울은
살랑이는 바람에 흩어지고
그리움이 짙게 묻어나는 날
머무는 공간에서 당신을 찾아본다

노란 달맞이 꽃잎에 맺힌 그리움
채워지지 않는 기다림은
거미줄에 걸린 이슬방울 머금어
당신의 갈잎 속에 스며든다

여름의 그 자리 옷깃을 여미고
쑥부쟁이 향기 그윽할 즘
바람 끝 가을 들녘 수채화의 아름다움
농익은 그 빛깔 당신이면 좋겠다.

노란 향기의 울타리

가을바람 찬 서리에 익어가는 나뭇잎
한 움큼의 그리움 끄집어 내어
멀어진 시간을 한 뼘 당겨 본다

보고 싶은 얼굴에 기다림의 행복은
깊어가는 동행의 아름다움
잊을 수 없는 당신 미소를 새겨 본다

구절초 그리움에 고운 인연은
단세포 언어의 멍울에서 벗어나
파란 하늘 들국화 향기 짙어져 올 무렵
단풍나무의 가을 풍경에 볕이 찾았든다

여물어 가는 모과의 노란 향기는
삶의 동행인 그리움의 울타리 되어
비움의 찻잔에서 하얀 마음 마셔 본다.

바람개비

백화산 등줄기 옥녀봉 자락 아래
나지막한 집 한 채 내 고향 용마골(꼴)

호박 덩굴 감아올린 삽짝 하늘가
푸른 잎 사이 햇살은 쏟아지고
어제의 바람이 손등을 스칠 때
손가락 사이로 빠져나간 추억들

여름이 익어가는 날
멈춰 버린 화면에 한 뼘 늘어진 구름
향수에 젖은 콩밭에 허수아비
산까치처럼 울다가 멍하니 바람개비 돌려 본다

알람 없는 조용한 시골집 뒤뜰에
무성한 잡초 속에 동차는 달리고
바람에 살랑이는 코스모스
길섶에서 그리운 당신을 찾는다.

제목 : 바람개비
시낭송 : 박영애
스마트폰으로 QR 코드를 스캔하면
시낭송을 감상할 수 있습니다

10월의 그리움

황금빛 물들어가는 들녘
가을 햇살에 꽃씨는 익어가고
초록의 계절을 지나는 10월
붉게 변한 담쟁이는 그리움 하나 품었다

소슬바람 내 모습은 가을을 닮아가고
곱게 물든 나뭇잎 벌레 먹은 구멍으로
파란 하늘가 하얀 구름 당신이 지나간다

붉게 노을 진 언덕
가슴앓이 호흡으로 쌓여 가는 그리움을
멍하니 바라보다 텅 빈 가슴
기도하는 마음으로 바라만 본다

가을의 길목
찾아온 아픔에 문을 닫아 버린 당신
허기진 그리움에 술잔을 비우고
어두운 달빛에 비워진 술잔 채움을 반복해도
붉은 햇무리의 빛과 이슬로
한 송이 꽃을 피우고 싶다.

봄날의 꽃향기

빙점의 자리에 보랏빛 제비꽃
가녀린 꽃대 허리 굽혀 춤추는 날
촉촉함이 묻어나는 매화의 붉은빛은
봄의 향연입니다

잿빛 구름에서 떨어지는 봄비
나뭇가지에 쌓이는 감성의 빗방울처럼
짙은 당신의 그리움입니다

연둣빛 늘어진 버들피리 소리는
아지랑이 강물에 음률로 흐르고
산수유 꽃잎 속에 수줍은 당신 미소
따스한 햇살로 퍼져옵니다

하얀 백지 위에 시어를 펼쳐 놓고
끝나지 않은 길에서 시작하는 사랑으로
봄날의 꽃향기를 수레에 담아
하늘가 여백에 꽃을 피웁니다.

제목 : 봄날의 꽃향기
시낭송 : 박영애
스마트폰으로 QR 코드를 스캔하면
시낭송을 감상할 수 있습니다

시인의 휴대폰

찬바람은 살갗을 스치고
잔설 속에서 움트는 복수초 기다림을 당겨
샛노랗게 마술을 부려 놓고

봄의 길목 돌담 아래
흰 바탕에 푸른빛 봄까치꽃 피어
봄소식과 더불어 갤러리에 입점한다

선의 아름다움도
흑백의 도도함도 붉은 양귀비 같아
당신의 형색(形色)과 비교함을 거부하며

바탕화면에 詩 한 수 띄워 놓고
그리우면 그리울 때
소나무 우거진 조곡관 약수터에서 목을 축인다

케냐의 원두커피 콩을 갓 볶아낸 향기
그 구수함이 묻어나는 시간
핑크빛 음악이 흐르는
블랙의 유니크 한 디자인 당신이 좋다.

제목 : 시인의 휴대폰
시낭송 : 박영애
스마트폰으로 QR 코드를 스캔하면
시낭송을 감상할 수 있습니다

유홍초의 그리움

검은 불꽃 거머쥔 작열의 태양은
대지를 불태우고
폭염으로 쏟아지는 땀방울
불타는 목구멍으로 그리움 밀어 넣는다

이슬 젖은 마음
삼배 적삼 쥐어짜듯
구슬진 땀방울 굵은 실에 엮어서
풀잎 향기 우거진 숲속에 걸어 둔다

둥근 잎 유홍초 붉은 사랑은
익어가는 바람의 틈새에 안착하여
멈춰 버린 시간 벗어나지 못하고
뒤엉킨 인연 긴 여행을 하고 있다

비행하는 잠자리 그리움 등에 업고
입추의 길목에서 9월을 바라본다.

친구의 사분음표

구수한 된장국에 풋고추
초록의 봄바람이 상추쌈을 싸준다
구수한 숭늉이 좋고
보고 싶을 때 볼 수 있는 오랜 친구가 좋다

오늘은 왠지 고향의 골목길 걸어 보고 싶다
놀이터가 되어 준 느티나무도 보고 싶다

노을을 옆에 두고 곡주를 마시고
지나간 일들 하나둘 끄집어 안주를 한다
세월은 반백을 만들고 짧은 머리 귀도 파고
사분 박자 음률이 흥을 돋운다

하나의 꽃잎으로 엮어진 인연
척박한 돌담 틈새에 내려앉은 민들레 홀씨
메마른 입술로 주위를 둘러보니
푸르름에 빛이 나는 친구가 있어 참 좋다

막걸리에 부담 없는 친구들이 있어 좋다
금계화 노란 꽃잎에 곱게 채색한 사랑을
아름다운 친구에게 전하고 싶다.

제목 : 친구의 사분음표
시낭송 : 박영애
스마트폰으로 QR 코드를 스캔하면
시낭송을 감상할 수 있습니다

감자밭

산으로 굽이굽이 올라가니
아카시아 찔레꽃 하얗게 만발하고
우거진 숲 사이로 바람이 흐른다

하얀 치맛자락 노란 옷고름
혼자는 수줍어 친구들과 도란도란
초록의 이슬로 목을 축인다

평창 대지의 감자꽃 밭두렁
비탈진 고랑마다 줄 맞추어 섰고
산세 험한 숲속에서 새들이 노래한다

유년의 추억 능선에서 풀어놓고
허기진 마음으로 감자꽃 바라보며
풀잎 향기 그리움 바람에 날려 본다

초여름 길섶 개망초는 익어가고
감자꽃 치맛주름 티 없이 고울 때
숨은 감자 내면은 추억으로 묻어 둔다.

10월에 핀 장미

능선 타고 내려온 붉은 향기
감나무 가지에 내려앉아
조용한 들녘 황금빛 물들인다

노란 물감 뿌려 놓은 국화
그리움이란 언어에
가슴은 멍이 들고 단풍잎 불타오른다

인연으로 향기는 다가와
지지 않는 한 송이 꽃을 피우고
사랑의 물결이 갈증을 해소하는
여유로운 여백에서

가을바람 붉게 물든 나뭇잎을
책갈피에 끼워
구절초 향기와 더불어 온 마음을
10월의 핀 장미 곁에 곱게 채색해 본다.

수수꽃다리

봄비 내리는 날
보라색 꽃다발 곱게 물들어
가슴에 스며들어 꽃망울 키워낸다

코끝을 스치는 향기
라일락 추억이 바람으로 다가올 즘
헝클어진 실타래 같은 삶
한 올 한 올 풀어 헤친다

꽃처럼 고운 당신 모습
보고 싶다는 그리운 소리 입가에 맴돌고
둥근 열정 봄바람에 흔들어 본다

수수꽃다리 그리움
파도처럼 밀려오는 당신의 느낌표
사랑의 무게처럼
오늘도 내일도 당신을 바라본나.

능소화

파란 하늘 흩어진 구름
아침 햇살 담벼락에 기대어
주황색 그리움 꽃잎 속을 훔쳐보고

고즈넉한 시골 돌담 담쟁이덩굴처럼
초록 잎 고운 피부 늘어진 능소화
이슬 같은 사랑 하나 마음에 담아 본다

그리운 여름의 전령사 능소화
향기는 골목길에 자욱한데
추억은 시나브로 당신을 바라보고

기다림은 가슴속 아픔으로 머물러
초록 잎의 그리움 담장 넘어 늘어지고
골목길에 떨어진 꽃잎에 바람은 스쳐 간다.

기다려 봅니다

나뭇가지 끝자락에
걸린 이슬방울
푸른빛 당신 마음입니다

활짝 핀 꽃으로
당신을 만나
그리움이 생겼습니다

바람의 등 뒤에서
매화 속살처럼
그리움을 기다려 봅니다.

봄은 오는가

아침 창가에 햇살이 머뭇거릴 즘
곁에 없는 너의 모습을 바라보고 있다

물음표 없는 밝은 너의 모습
추억 속에서 미소를 지어 본다

먹이를 사냥하는 거미의 움직임에
소리 없는 활자는 입가에 머물려다
색 바랜 낙엽 되어 바위틈에 음지 되고

잊지 못하는 내 모습을 보니까
그때가 따뜻한 보금자리라는 것을 알았다

뿌리박힌 냉이가 따뜻한 온도를 감지할 때
아지랑이와 같은 봄날이면 좋겠다.

가을 그리움

가을바람 나뭇잎 물들어 갈 때
고즈넉한 카페에서
한들거리는 코스모스를 바라본다

보고 싶다는 언어는
가을 햇살에 숙성되어
추색에 마주하고
샛노란 국화 향기 코끝에 가득하다

시어가 묻어나는
억새의 은빛 물결 너의 향기에
멈춰 버릴 때
시간의 끝 공간에서
목마른 그리움을 마신다

알람 없이
꿈틀거리는 너를 안고
가을비 내리는 길목에서
시나브로
또 한 계절을 보낸다.

행복한 미소

인연으로
당신과 하나 되어
아침 햇살 마주하고
고운 단풍을
바라보고 행복을 만들어 갑니다

꽃잎 같은 당신 미소
하늘과 땅
사랑과 그리움 되어
고운 빛이 되어
걸어갑니다

은쟁반
옥구슬 구르는 듯
맑은 목소리
당신을 생각합니다.

돌아온 봄

따스한 봄볕에
흙 내음 물신 나는 냉잇국

봄의 물결
훈풍으로 다가온
애틋한 그리움은

가슴 저미도록
그리운 당신

햇살 가득한 날
하나의 추억
희미해지는 그리움은

돌아온 계절의
하얀 매화
詩 처럼 소중한 낭신입니다.

겨울로 가는 길

내 마음 붉은 단풍
가을의 끝자락 머무는 시간
겨울의 긴 여행을 준비한다

샛노란 단풍잎
갈바람에 멍이 들고
열정으로 바라보는 담쟁이
가슴 아린 눈망울에 숨 가쁜 사랑

머무는 그 자리에
꽃잎 같은 추억은 겨울로 들어선다

서릿발 상고대 시린 가슴은
비움을 생각하고 채움을 기다리는

깊어져 가는 가을만큼이나
많은 생각들 속에서
조용히 내리는 그리운 눈꽃을 기다린다.

내 마음의 하루

봄바람 강둑에서 머물 때
보랏빛 제비꽃 아지랑이 그리움은
밝아오는 봄날을 준비합니다

콘크리트 건물 모퉁이
초록빛 받쳐 들고 밀어 올린 민들레
따스한 햇살에 봄은 가슴을 여밉니다

시계추 태엽이 풀리고
이슬 머금은 거미줄 늘어나듯
꺾어진 바람에 주름 하나 찾아드는
여정 속에 여백은 시나브로 그리움 스며들고

따뜻한 계절 빛을 받아
구겨진 마음을 다림질하여
퍼 올린 욕심의 두레박을 내려놓는 하루
당신의 그리운 빛을 그려 봅니다.

기도하는 마음

사선의 눈발 삭풍(朔風)은
울음을 토하고
아픔의 옷깃 여미는 경자년은
마지막 뒤태를 보인다

사랑의 아이콘 하얀 눈은 내리고
따스한 마음으로
당신 가슴 펼쳐 그리움을 담아 본다

메마른 장미는 담장에 기대어
그리운 마지막 잎새
꺾인 노설(雪)처럼 바람을 맞는다

당신의 사랑
노란 달빛에 적어 소지(燒紙)하고
기도하는 마음으로
사랑의 길목에서 잔설에 복수초를 피워 본다.

동행

찬 바람 불어오면
옷깃을 세우고
햇살이 따가우면 양산을 쓴다

뒤보다 앞이 짧은 인생
여름에는 낮이 길고
겨울에는 밤이 길어 마음이 무거울 때

그대 그리운 빛이 되어
고운 꽃잎에 시를 적어
우표 없는 편지 가슴으로 보낸다

그리움 가득한 빗방울
떨어지면 같이 그리워하며
커피 한 잔에 미소 짓는 당신이 좋다.

산보(散步)

카톡으로 말을 하고
이모티콘으로 대답한다

갯버들 붉은 속살 부풀고
개울가 얼음 속 물이 흐른다
커피 한 잔에 추억이 웃고
막걸리 한 잔에 바람도 웃는다

따뜻한 햇살 커피 한 잔에
추억의 강 흐르고
웃음꽃 사랑 활짝 핀 우정에
스치는 바람도 비껴간다

맑은 동심 속에 빠진 산책
수다스러운 땀방울
머릿결에 스미고 기다림의
봄의 향연 그리움이 짙어 온다.

너를 보면

아침에 눈을 뜨면
기분이 좋다
따뜻한 햇살 들어오듯

길섶에 꽃을 보면
너의 모습이 보인다
하늘가 구름 한 조각 만난 듯

손을 잡으면
마음이 설렌다
음률에 심장이 요동치듯

너를 보면
푸른빛에 풀 내음
봄날의 햇살 같은
행복이 있다.

그리움은 여백으로

나뭇잎 물들어 가는 가을
들녘의 풀잎 향기 바람에 익어 갈 즘
붉은 꽃 긴 눈썹 당신을 기다린다

산사의 숲속 길목에
길어진 꽃대 빗물 머금은 꽃술은
그리움의 눈물 흘리고
꽃잎으로 토하는 사랑은 심장을 두드린다

기다려 주지 않는 세월 속에
늘어진 무게는 퇴색되는 꽃잎 되어
놓아 버린 인연의 끈
바람과 동행하여 가슴으로 들어간다

때때로 시어를 주워 담아
내면의 여백 녹슨 마음에
그대 향기 스칠 때 추억을 되새김질해 본다.

별이 빛나는 밤에

긴 겨울날 햇살을 마주하고
마루에 걸터앉은 그리운 마음
아직 아물지 않은 상처를
서릿발 맞은 찬바람에 달래 봅니다

한 움큼 추억으로
조각난 그리움을 달래며
퇴색된 무지갯빛 슬픔을
빗물 같은 이슬로 달래어 갑니다

들녘에 찬바람이 울고 간 자리
봄을 기다리는 넉넉한 마음
깊은 사랑으로
당신을 기다립니다

따스한 봄날 꽃 피고 새가 울고
달빛에 별빛이 노래하는
아름다운 동행
쌓여가는 사랑으로 언제나
당신 곁에 함께하는 바람입니다.

맥문동의 수채화

능선의 안개비 나뭇잎 적시고
둘이 쓰는 우산에 향기 가득하니
주변 풍경 깊은 낭만 산책에서 만난다

성밖숲의 낮은 곳 스멀스멀 피어나는
보라색 맥문동 수채화를 그리고
진초록 양탄자 깔아 놓은 듯
당신과 유유자적 걸어 들어가 본다

천년의 고목이 된 왕버들
주름살 껍질과 이끼 공존하고
인고의 세월 속에 짙은 물결 이루니
세월을 줍는 재두루미 이천강에 노닌다

보리 뿌리처럼 겨울에도 살아 숨 쉬고
알알이 익어가는 흑진주 같은 열매
서정적 감성이 풍부한 당신과
보석처럼 빛나는 보랏빛 물들이고 싶다.

슬픈 연가

뱃고동 소리에 메마른 사랑은
밀려오는 파도에 조금씩 사라져 버리고
붉은 태양은 바다를 품었습니다

수평선의 고깃배 붉게 물들고
출렁이는 바다에 윤슬이 아름다워

내 붉은 심장이 당신을 바라보듯
야트막한 소나무 언덕에서
그리움이 묻어나는 바다를 바라봅니다

하얀 백사장에 발자국 하나
조개껍데기 추억 속에 숨어 버린 사랑
그 감성을 해풍이 어루만져 봅니다

공감하는 시간 속에 별 하나 인연
동행하는 당신이 있어 행복합니다

갯바위에서 피어나는 포말의 꽃잎
그 짙은 하얀 그리움은
오월의 햇살 바로 아름다운 당신입니다.

바로 당신입니다

눈이 펑펑 내립니다
그리움 세 글자
하얀 도화지에 그려 봅니다

눈송이
하얀 추억을 가져오듯
가슴 여백에
그리움을 충전합니다

설원의 동백꽃
저미는 동박새
사무치는 그리움에
겨울밤 깊어져 간다

붉은 심장
보고 싶다는 무게만큼
놓고 싶지 않은 손
비로 당신입니다.

비 오는 날의 연가

고즈넉한 호숫가
봄비가 내린다

안개 자욱한 들녘에
그리운 빗방울
촉촉한 대지 봄을 적시고

공간 속에 인연으로
속살을 밀어 올린 자목련
그 맑은 여백에
짙은 그리움의 노래를 한다

자욱한 물안개
하얀 꽃망울이 부풀 즈음
노란 우산 하나 봄 마중 나간다

한마음으로 마주 잡은 손길
봄날 햇살처럼 스며들어
허기진 목마름 사랑으로 축인다.

제목 : 비 오는 날의 연가
시낭송 : 박영애
스마트폰으로 QR 코드를 스캔하면
시낭송을 감상할 수 있습니다

바다가 품은 그리움

파란 하늘 조각난 꽃구름
소나무 숲길 나뭇가지에 사이로
이글거리는 태양 부서져 내립니다

먼바다에서 불어오는 해풍은
부들꽃 피어있는 습지로 몰아넣고
조용한 바닷속으로 그리움 묻어 버립니다
수평선 넘어 바다가 품은 배를 바라보면서

푸른빛 감도는 여름 바닷가
내 마음 깊은 곳에 한 송이 꽃을 피우고
파도가 던져 놓은 포말의 입자 속에서
가슴속 오선지에 쉼표를 넣어 봅니다

들풀이 우거진 해변 길 하얀 개망초
바닷바람 타고 노닐 때
커피 한 잔에 익어가는 여름 바닷가
하얀 등대 옆에 채색해 봅니다.

봄날의 그리움

따스한 봄날
돌담에
햇살은 찾아들고

어느 날
문득 찾아온
당신을
잊을 수 없습니다

깊어지는 계절
내 가슴
꽃이 있는 뜰 안

곱게 피어 있는
꽃잎처럼
당신 향기 피었습니다.

가을을 품은 겨울

마음으로 다가온 오색단풍
가을의 끝자락 창밖에 서성이며
겨울의 긴 여행을 준비한다

샛노란 단풍잎 갈바람에 퇴색되고
그리움의 열정으로 바라본 담쟁이의
붉은 마음을 읽어 본다

동서(東西)에 머무는 꽃잎 같은 추억은
소슬바람의 벗이 되고
된서리 맞은 가을은 겨울 문턱 넘어가니
추억의 향기 동면 들어간다

서릿발 상고대만큼이나 시린 가슴을
계절의 뒤안길로 밀어 넣어
채움을 내려놓고 비움의 시간을 만들어

묵묵히 걸어가는 생각 속에서 늘
꽃잎의 미소를 담아
가을을 품은 겨울 속에서
조용히 내리는 눈꽃을 기다려 본다.

가을 사랑

따스한 햇살이 내려오는 한낮
빛의 느낌으로
붉은 장미 사랑이 움트는
9월의 크리스마스입니다

풀벌레 소리에 익어가는 가을
한바탕 울음소리에
세상은 밝아지고 파란 새싹 이슬 머금은
하얀 선물 가득 받은 축복의 날입니다

피할 수 없고
거부할 수 없는 원형
하늘이 내린 인연의 뿌리에서
고운 꽃잎이 내려와
한 아름 가슴에 담아 봅니다

버팀이 되어 준 당신
나눔을 통하여 만들어지는 사랑
영글어 가는 가을
숙성된 그리움으로 사랑을 하고
축하힙니다.

주암정의 봄날

맑은 햇살을 받아 들고
금천에서 바라보는 주암정
깊은 시간 속에서 깨어나는 봄날에
그리움이 머무는 하얀 민들레 되어 봅니다

물 안개비 자욱이 내리는 날
사유 깊은 기다림으로
담장을 넘어 보는 고개 숙인 능소화 처녀

쪽빛 하늘에 우거진 소나무 병풍바위
솔잎 향기 가득한 뱃머리에
선장의 빛 소금 같은 문학의 주암정
볕이 좋은 기다림에 뱃머리는 연밭을 누비고

밤하늘 달빛 아래 뿌려 놓은 그리움 하나
별빛 가득한 맑은 눈동자
내 마음 등불이 되어 초연(超然)한 주암정
은하수 강물에 하얀 구름
노를 젓는 사공 연향(蓮香)에 취하여 봅니다.

제목 : 주암정의 봄날
시낭송 : 박남숙
스마트폰으로 QR 코드를 스캔하면
시낭송을 감상할 수 있습니다

볕이 좋아 걸었다

김정섭 시집

2023년 5월 25일 초판 1쇄
2023년 5월 29일 발행
지 은 이 : 김정섭
펴 낸 이 : 김락호
디자인 편집 : 이은희
기 획 : 시사랑음악사랑
연 락 처 : 1899-1341
홈페이지 주소 : www.poemmusic.net
E-Mail : poemarts@hanmail.net

정가 : 10,000원
ISBN : 979-11-6284-447-2